W0318762

Einaudi Ragazzi

GOLD

Prima ristampa, giugno 2018

© 1985 Edizioni EL, via J. Ressel 5, 34018
San Dorligo della Valle (Trieste)
© 2017 Edizioni EL, per la presente edizione
ISBN 978-88-6656-384-6

www.edizioniel.com

BIANCA PITZORNO

L'INCREDIBILE STORIA di LAVINIA

Illustrazioni di
EMANUELA BUSSOLATI

Einaudi Ragazzi

La storia di Lavinia e dell'anello magico è nata una vigilia di Natale durante una cena a cui partecipavamo la mia amica Valentina e io, insieme ad altre persone che non è il caso di nominare perché non direttamente interessate al fenomeno «cacca».
Già da molti anni Valentina aveva l'abitudine di chiedermi storie di cacca e di pipí, e io gliele raccontavo. In totale ne avrò inventate per lei una cinquantina.
Quella sera, quando terminai la storia di Lavinia, Valentina mi disse soddisfatta: «Brava! Questa volta la hai raccontata proprio bella. Piú bella di tutte le altre».
Cosí, poiché nella primavera successiva Valentina stava terminando la prima elementare e sapeva già leggere molto bene,

decisi di trasferire la storia dell'anello magico dalla tradizione orale a quella scritta e di farne un libro per lei e per altri giovani intenditori.

Ringrazio per l'ispirazione:
Andersen per la fiammiferaia,
Tolkien per l'anello,
King per lo sguardo,
Voltaire perché sí
e Madre Natura per la cacca.

Si sconsiglia la lettura di questo libro
alle persone troppo schizzinose.

L'incredibile storia di Lavinia

La piccola fiammiferaia

Era la vigilia di Natale a Milano.
Per tutto il pomeriggio Piazza del Duomo e le altre vie del centro con i loro negozi erano state percorse da una quantità incredibile di gente che faceva a spintoni per comprare gli ultimi regali. I milanesi passavano carichi di pacchi e pacchetti. Avevano fretta di tornare a casa, perché già dal primo pomeriggio si era messo a fare un freddo terribile.
Verso le cinque cominciò a nevicare. Presto la statua di Vittorio Emanuele, al centro della piazza, fu ricoperta di neve.
«Per fortuna è già buio e i piccioni se ne sono andati a letto. Altrimenti si congelerebbero le zampe, – osservò Lavinia. – Chissà poi dove vanno a dormire i piccioni! Forse tra le guglie

del Duomo. Ma non hanno paura, in mezzo a tutte quelle statue di mostri e di santi?»
Anche le guglie ormai erano diventate bianche, come se fossero fatte di zucchero filato.
La gente passava in fretta e non si accorgeva di una piccola fiammiferaia livida di freddo che sedeva su un gradino col vestito tutto stracciato e offriva ai passanti le sue scatolette di fiammiferi.
Ogni tanto qualcuno inciampava nei suoi piedini nudi. Barcollava, cercando di mantenere l'equilibrio, diceva qualche parolaccia come «Accidenti!» «Dannazione!» e anche peggio e finalmente si accorgeva della bambina.
Ma invece di comprarle i fiammiferi, queste

persone la coprivano di insulti del tipo: «Ma torna a casa, disgraziata!», «Ti sembra il posto da metterti con i tuoi stracci?», «Levati dai piedi! Se fossi tuo padre ti riempirei di botte!». E quando la bambina, con una vocina rauca interrotta da forti colpi di tosse che le squassavano il petto diceva timidamente: – Bei fiammiferi, signore! Vuole comprare i miei fiammiferi? – i passanti disturbati rispondevano: – Tieniteli, i tuoi fiammiferi, rompiscatole! Cosa vuoi che me ne faccia dei tuoi fiammiferi? Credi che siamo talmente pezzenti da non possedere un accendino? –

Oppure altri si indignavano: – Io non fumo, lurida mocciosa! Ho appena smesso e adesso ci si mette questa stracciona a farmi ricominciare! Vergognati!
E se ne andavano arrabbiatissimi pensando: «Ma guarda un po' se proprio la vigilia di Natale dovevamo incontrare questa guastafeste! Porta male incontrare una piccola fiammiferaia affamata e infreddolita la vigilia di Natale... Adesso avremo i rimorsi per tutto l'anno...».
Lavinia, poiché era proprio lei la piccola fiammiferaia, non aveva nessuna intenzione di

procurar loro dei rimorsi, e gratis per giunta.
Lei voleva soltanto vendere dei fiammiferi per guadagnare un po' di soldi e comprarsi una cioccolata calda con la panna e i biscotti, perché non mangiava da tre giorni. E magari anche un paio di scarponcini foderati di pelliccia perché i piedi, pieni di croste e di geloni, le facevano proprio male.
E invece nessuno, ma proprio nessuno, le comprò una sola scatola di fiammiferi.
Verso le otto le si avvicinò un vigile urbano, tutto stretto nel suo cappotto blu, e di

malumore per il fatto di essere di servizio quella sera invece che a casa a fare il Presepio con i suoi bambini. Toccandola da lontano col piede, un po' schizzinoso perché Lavinia era davvero sporca, le disse: – Non puoi vendere fiammiferi senza licenza. Non puoi vendere niente. A rigore, ti dovrei arrestare. Ma, visto che è Natale, chiuderò un occhio. Tu, però, smamma! Hai capito? Fuori dai piedi! Scompari al piú presto. Torna a casa!

Facile dirlo! Lavinia una casa non ce l'aveva. Era una piccola fiammiferaia e le piccole fiammiferaie non hanno casa.
Cosí fu il vigile ad andarsene, soffiandosi sulle dita per riscaldarle, e la bambina rimase sui gradini della farmacia, tutta intirizzita, affamata, con le tasche vuote, mentre gli ultimi compratori abbandonavano la piazza dirigendosi verso le fermate dei tram.
L'albero di Natale regalato dal sindaco alla cittadinanza scintillava di mille luci al centro della piazza. Ma Lavinia sapeva che, se anche gli fosse andata vicino, quelle luci non l'avrebbero riscaldata perché non erano fiammelle di candele, ma lampadine a bassa tensione.
E inoltre, per avvicinarsi all'albero, avrebbe dovuto lasciare il riparo dei portici e si sarebbe dovuta esporre alla neve che continuava a fioccare in modo suggestivo come in una cartolina d'auguri.

Lavinia aveva solo sette anni, ma era molto esperta riguardo a queste cose perché, fin da quando aveva memoria, era sempre stata una piccola fiammiferaia randagia e aveva dovuto imparare a cercarsi da sola i ripari piú convenienti.
Scese la notte. La piazza era deserta ormai.
Solo le luci delle pubblicità si muovevano dando un'illusione di vita e di calore, invece faceva sempre piú freddo.
Stringendosi addosso i suoi stracci Lavinia si raggomitolò piú stretta che poteva nell'angolo della vetrina, poggiò la testa contro il muro e si addormentò.

Entra in scena la fata

Mentre Lavinia dormiva, in tutte le case della città, i bambini a tavola guardavano il padre che tagliava il panettone e protestavano: – No, non ne voglio! Sono pieno fin qui. Guarda che se me ne fai mangiare anche una fettina piccola piccola, vomito!

E i padri si scandalizzavano: – Che indecenza! Questo è un insulto alla miseria. Anche la notte di Natale devi fare tante storie per mangiare! Pensa a quei poveri negretti affamati che darebbero chissà che cosa per una fetta di panettone...

Lavinia non era una negretta, ma nel sonno si lamentava lo stesso per la fame, e avrebbe dato chissà cosa per una fetta di panettone. Se almeno quei papà che predicavano cosí bene le

avessero comprato qualche scatola di fiammiferi prima di rincasare e mettersi a tavola!
Sognava tacchini arrosto e grandi torte, montagne di patate fritte, lasagne, polpette, salami e zabaione. Sognava insalate russe e «hamburger col tomato» cosí come li aveva visti nelle vetrine delle rosticcerie, senza potersi mai permettere di assaggiarli.
Verso mezzanotte i sogni di Lavinia furono interrotti dalla brusca frenata di un taxi. La bambina alzò gli occhi e vide una bella signora scendere dalla macchina proprio sul marciapiede di fronte a lei. Era vestita in modo poco adatto per una notte cosí fredda. Aveva un abito scollato, di velo azzurro molto trasparente (Lavinia poté notare le mutande, anch'esse azzurre); le caviglie nude, i piedi infilati in due pantofoline di velluto, e in testa...
... Lavinia dovette coprirsi la bocca con le mani per soffocare una risata... In testa la donna aveva

il cappello piú strano che si possa immaginare. Una specie di lungo imbuto rovesciato, tutto decorato come un albero di Natale.
«Ce n'è di matti, in giro!» pensava Lavinia, continuando a godersi lo spettacolo, visto che ormai si era svegliata.
La signora pagò il tassista che le fece cinque inchini profondissimi, uno dopo l'altro: evidentemente aveva ricevuto una bella mancia.
Poi si diresse verso Lavinia.
«Caspita! – pensò la bambina, – sta a vedere che questa matta mi compra tutte le scatole di fiammiferi!»

Ma quando fu vicina, la signora si chinò porgendo una sigaretta e chiese: – Scusa, hai da accendere?
«E adesso cosa le dico? – pensò Lavinia disperata. – Le dico che sí, ho i fiammiferi, ma che me li deve pagare? Non sarebbe gentile. E poi gliene serve uno solo, non una scatola...»
Cosí, con un gesto da gran signora, aprí una scatola nuova, accese un fiammifero e lo porse alla donna. Questa accese la sigaretta senza avvicinarla alla bocca e senza aspirare, come se si trattasse di una candela, poi tese velocemente il braccio verso l'alto. Dalla sigaretta scaturí una fontana luminosa, uno zampillo di scintille come quelle dei fuochi artificiali...
«È proprio matta, – pensò Lavinia, – non ha di meglio da fare a quest'ora di notte? Non ha una casa dove andare a dormire al caldo? Le verrà un accidente con questo vestito leggero e scollato!»
Poi si fece coraggio e le chiese: – Scusi, signora, va forse a una festa mascherata?
– No, perché? – rispose la sconosciuta.
– E allora perché è vestita a quel modo? – ribatté Lavinia.
– Ma perché sono una fata, no? – rispose la donna, come se fosse la cosa piú naturale del mondo.

Lavinia pensò: «È proprio matta. Le fate stanno solo nei libri».
Come se le avesse letto nel pensiero, la donna la osservò pensierosa e poi disse: – Strano... Di solito le piccole fiammiferaie si trovano nei libri di fiabe...
Si guardarono a vicenda diffidenti. Nessuna delle due aveva intenzione di lasciarsi imbrogliare.
Poi la donna disse a Lavinia: – Io sono vera. Prova a darmi un pizzicotto! – E senza aspettare allungò la mano e pizzicò Lavinia su un braccio.
– Ahi! – strillò la bambina. – Ero io che dovevo pizzicare te! – e le sferrò un calcio, che per la

verità non le fece molto male perché Lavinia era a piedi nudi.
– Cosí adesso siamo pari, – disse con calma la fata, – ora siamo certe della reciproca esistenza. Lavinia, sei stata gentile e generosa. Ti voglio ricompensare per avermi offerto gratis il tuo fiammifero.
«Adesso mi regala un sacco di soldi! – pensò eccitata la bambina, – adesso mi trasporta nella reggia di un Principe che mi sposerà... Adesso mi fa diventare bellissima... E cosa me ne faccio della bellezza? Ah, sí, la gente pagherà per vedermi e con i soldi mi comprerò un sacco di roba da mangiare».

– Voglio farti un regalo eccezionale, – continuò la fata, – un anello magico. Eccolo!
Se lo tolse da una tasca del vestito di velo e lo infilò al dito di Lavinia. Era un anellino neanche d'oro, liscio, senza nessuna pietra.
– A cosa serve? – chiese Lavinia speranzosa che all'aspetto modesto corrispondesse un potere sensazionale.
La fata si mise a ridere da sola, da quella mattacchiona che era.
– A cosa serve? – insistette Lavinia.
– A trasformare le cose in cacca.
– Cosaaa?!
– A trasformare le cose in cacca. Sei diventata sorda, per caso? – le domandò l'altra con un sorriso angelico.

La magia dell'anello

Lavinia cominciò a piagnucolare. – Bel regalo! Non mi mancava che questo anello! Sono già cosí disgraziata, senza casa, senza mamma, assiderata, a pancia vuota... e tu mi vieni a fare un regalo cosí! – E cercava di sfilarsi l'anello dal dito; ma quello non si staccava piú.
– È tuo per sempre, – disse la fata. – Non potrai mai perderlo. Ma guarda che non è un regalo di poco valore come pensi... Anzi! Se userai la tua intelligenza, vedrai che col potere dell'anello riuscirai a fare grandi cose. Solo, bisogna che aguzzi l'ingegno...
Mentre Lavinia, a bocca aperta, continuava a rigirarsi l'anello intorno al dito, improvvisamente il cartellone pubblicitario che era lí davanti diventò di color marrone, poi si afflosciò su se

stesso e diventò un mucchietto molle e puzzolente sul marciapiede.

– Visto? – disse la fata, – hai imparato da sola come si fa. Comunque le istruzioni per l'uso sono queste: *se vuoi trasformare qualcosa in cacca, la dovrai fissare intensamente facendoti ruotare l'anello intorno al dito in senso orario. Se vorrai che torni alla condizione originale la dovrai fissare girando l'anello in senso inverso*. Attenta a non sbagliare, mi raccomando.

Con un fischio improvviso fermò un altro taxi che passava in quel momento, vi balzò sopra e scomparve alla vista di Lavinia.
Sconcertata, la piccola fiammiferaia pensò: «Ho forse sognato?».
Ma l'anello era al suo dito, e davanti a lei il mucchietto di cacca fumava nel freddo della notte.
Allora, per controllare l'esattezza delle istruzioni, lo fissò turandosi il naso e girò l'anello nell'altro senso. Subito il pannello pubblicitario si drizzò al suo posto, pulito e lucente com'era prima.

– Bene, – disse Lavinia, – almeno le istruzioni erano esatte. Adesso però devo pensare seriamente al modo migliore di usare questa strana magia.

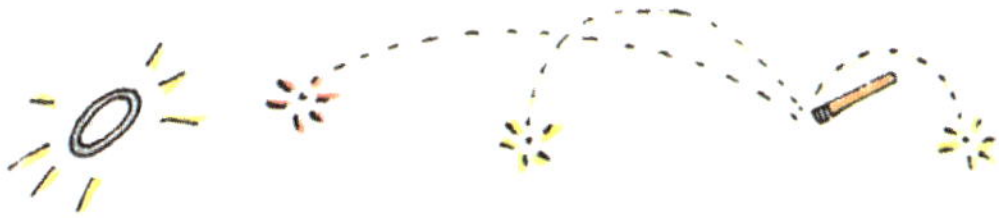

Il signor Massimiliano Marsupiali

Era la notte della vigilia di Natale a Milano.
Il signor Massimiliano Marsupiali, proprietario di un elegante negozio di calzature, non era ancora tornato a casa dove la moglie Cunegonda e i due bambini lo aspettavano per il cenone.
Come sua abitudine il signor Marsupiali si era attardato in negozio a contare i soldi incassati durante la giornata.
Un mucchio di soldi: perché il negozio si trovava su un lato della piazza del Duomo e nel corso della mattina e del pomeriggio, fino all'ora di chiusura, erano entrate migliaia di persone a comprare scarpe, stivali, scarponcini, pantofole, come se improvvisamente tutti i milanesi si fossero trovati scalzi e avessero avuto una gran fretta di provvedere a ricoprirsi i piedi.
Con la conseguenza che gli scaffali del negozio

erano rimasti quasi vuoti, e la cassa del signor Massimiliano Marsupiali traboccava di biglietti da centomila lire.
I commessi erano andati a casa dopo aver messo tutto in ordine, e ora il signor Massimiliano se la godeva al calduccio nel negozio deserto, sistemando le banconote in tanti mazzetti e fantasticando su quello che avrebbe comprato dopo averne depositato la maggior parte in banca.

Una strana cliente

Il signor Marsupiali era lí, tutto assorto nei suoi sogni natalizi, e non si accorse della bambina che schiacciava il naso contro il vetro della vetrina e gli faceva dei segni.
Finalmente però il *toc-toc* lo riscosse e gli fece alzare lo sguardo. E immediatamente un grande rossore di rabbia gli salí dal collo grasso alla grassa faccia. Come? Anche a quell'ora? Un'altra di quelle maledette mendicanti?
Furibondo si precipitò alla porta, la spalancò e aggredí la bambina: – Vattene subito, pezzente! Via quelle manacce sporche dalla mia vetrina!
La bambina tolse le mani e le allacciò dietro la schiena, nascondendole alla sua vista, ma avanzò verso la porta del negozio. Poggiava appena i piedini nudi e lividi sullo strato di neve che ricopriva il marciapiede. Aveva circa sette anni,

i capelli arruffati che forse erano biondi sotto la sporcizia, e una faccina angelica piena di croste di moccio secco e di baffi neri, dove si era sfregata per asciugare le lacrime.
Il signor Massimiliano Marsupiali indietreggiò sotto il suo sguardo tranquillo e si mise sulla porta come per sbarrarle il passo.
– Cosa vuoi? – ringhiò.
– Un paio di stivaletti foderati di pelliccia.

Quelli! Numero trentatre per favore, – disse la bambina indicando un paio di stivali celesti su uno scaffale.
– E i soldi? Ce li hai i soldi per pagarli? – chiese aggressivo il signor Marsupiali. – E poi a quest'ora il negozio è chiuso. Fila!
– La prego! – insistette gentilmente la bambina.
– Non ha visto che sono scalza? Ho freddo e mi prenderò un raffreddore... E poi, è la notte di Natale. Sia buono e mi dia quegli stivali...
– Razza di impudente sfacciata! Lo sai quanto costano quelle scarpe?
– No, – confessò Lavinia, – e non me ne importa neanche. Tanto non ho i soldi per pagarle. Le vorrei in regalo.
– Ah, sí?! In regalo? E perché mai dovrei regalartele?
– Perché sono scalza e fa freddo, – ripeté la bambina cercando con lo sguardo sugli scaffali tutte le scarpe che erano rimaste.
Poche, per la verità. Sembrava che il negozio fosse stato saccheggiato.
– Fuori! – gridò il signor Massimiliano Marsupiali. – Vattene straccione! – e si girò per chiudere la porta.
Ma restò di sasso vedendo sugli scaffali, al posto

delle scarpe e delle pantofole, altrettanti mucchietti di cacca.
Fuori, nella piazza, la bambina si allontanava a passettini poggiando con precauzione i piedi nudi sulla neve.
– Torna un po' qua, disgraziata! Cosa mi hai combinato? – le gridò dalla soglia il signor Marsupiali, e il suo grido echeggiò stranamente nella piazza deserta.

La bambina si girò e sorrise: – Ha cambiato idea? Bene. In fondo è la notte di Natale –. E tornò verso il negozio.
– Ma che cambiato idea! Chiamerò la polizia. Ti farò arrestare, stracciona! Guarda cosa mi hai combinato!
– Io? – chiese la bambina con meraviglia. – Ma se non sono neppure entrata nel negozio!
Il signor Massimiliano Marsupiali si grattò la testa. Evidentemente c'era qualcosa che non andava... Ma mentre era lí incerto, sentí l'odore della cacca alle sue spalle farsi piú forte e penetrante.
Si girò. Il cassetto del registratore di cassa, che aveva lasciato mezzo aperto mentre contava i soldi, adesso era pieno dello stesso materiale degli scaffali: cacca fumante e puzzolente. Anzi era talmente pieno, che un bel po' di cacca stava traboccando sul pavimento.
– Il guadagno di tutta una giornata... – sussurrò

diventando pallido. «Forse ho un incubo» pensò. Ma l'odore era sempre piú forte. La bambina gli sorrideva dalla soglia del negozio, attenta a non mettere i piedini sporchi sulla moquette immacolata.

– Puoi farci qualcosa, strega? – chiese il signor Marsupiali.

Stringendo le mani dietro la schiena la bambina sorrise fissando gli scaffali. – Vorrei quegli scarponcini, – disse, – celesti. Numero trentatre, per favore.

Il signor Marsupiali si girò. Sugli scaffali erano ricomparse le scarpe.

– Ti sbatto fuori! – stava per esclamare, ma lo sguardo gli cadde sulla cassa. Lí c'era ancora un bel mucchio di cacca al posto del denaro.

– Dopo che avrò le scarpe, – disse la bambina gentilmente, leggendogli nel pensiero.

Dieci minuti dopo Lavinia, seduta sul basamento della statua di Vittorio Emanuele, si allacciava gli

scarponcini nuovi. Attraverso la gonna lacera sentí il freddo e il bagnato della neve. «Adesso pensiamo ai vestiti» disse fra sé, alzandosi e avviandosi verso la Galleria.

Eleuterio Migliavacca

Erano le tre del mattino del giorno di Natale a Milano.
Il portiere notturno dell'albergo piú elegante della città, l'Excelsior Extralusso, sonnecchiava tenendo d'occhio svogliatamente la lucida Rolls Royce posteggiata davanti all'ingresso a disposizione dei clienti.
Nell'atrio dell'albergo c'era stato un po' di movimento fino a circa mezz'ora prima, quando gli ultimi nottambuli erano rientrati dai cenoni della vigilia. Ora tutto era deserto e silenzioso.
Fuori, nella strada, cadeva la neve e sul tetto della Rolls Royce si era formato uno strato soffice e bianchissimo.
Camminando leggera su questo tappeto bianco, una bambina apparve al portiere notturno.
Sfregandosi gli occhi l'uomo, che si chiamava

Eleuterio Migliavacca, osservò che i piedini della bambina quasi non lasciavano traccia sulla neve. Era una strana creatura, osservò. Indossava un paio di bellissimi stivaletti celesti e un cappotto di pelliccia col cappuccio tirato sulla fronte a nascondere quasi completamente un elegante berretto a maglia. Dall'orlo della pelliccia sbucavano un paio di pantaloni alla zuava di puro Shetland inglese – il portiere di notte questi abiti di lusso li riconosceva al primo sguardo – e attorno al collo si attorcigliava due o tre volte una sciarpa colorata all'ultima moda. Una bambina ricca, senza dubbio. Ma perché mai non si era lavata la faccia prima di uscire? E i capelli? Quei capelli lunghi e ricciuti erano arruffati in modo inverosimile, pieni di grumi e di sudiciume, tanto che non si capiva di che colore fossero.

La bambina si avvicinò alla porta di vetro dell'hotel. Poggiò una mano sulla maniglia, ed Eleuterio Migliavacca vide che le mani erano ancora piú sporche della faccia, con le unghie listate di nero e le dita rosse e screpolate dai geloni...

«È di quelle che perdono sempre i guanti, – pensò l'uomo indulgente. – Forse ha avuto un incidente stradale. Forse ha perduto i genitori o la governante. Probabilmente mi chiederà di telefonare».

Non gli passò neppure per la mente di cacciarla trattandola da straccione, perché gli abiti che la piccola sconosciuta indossava non erano stracci, e chi si può permettere degli indumenti cosí costosi, può permettersi anche la stravaganza di lavarsi poco...

– Questi ricchi originali! – sospirò il portiere di

notte. – Guarda un po' come mandano in giro i loro figli!
Si alzò rispettoso e mosse incontro alla bambina.
– Vuoi telefonare direttamente a casa? – le chiese sollecito. – O preferisci che avvisiamo la polizia femminile?
– Niente affatto, – rispose tranquilla la bambina. – Vorrei una camera. La camera piú bella che c'è in questo albergo.

Lavinia si conquista una casa

Il portiere allungò il collo, sotto la neve, per scrutare in fondo alla strada, a destra e a sinistra, se per caso non stessero arrivando i genitori della bambina. Ma la strada era deserta.
– Dove guardi? Non c'è nessuno. Sono sola, – disse Lavinia. Era lei, infatti, rivestita a nuovo dopo un'avventura simile a quella vissuta per procurarsi le scarpe.
– Non possiamo ospitare bambini soli, – disse il portiere, – ma forse per questa volta farò un'eccezione. Guarda, lo faccio per te e perché oggi è Natale.
– Grazie. A proposito, tanti auguri! – disse dolcemente Lavinia.
– Tanti auguri a te. Allora, lo sai quanto costa una camera in questo albergo? Probabilmente sí. Ci sarai stata altre volte con i tuoi...

– Sicuramente no, – rispose Lavinia. – Non ci ho mai messo piede prima d'ora. E non mi importa niente di quanto costa una camera. Tanto non ho un soldo in tasca per pagarla.
– Non potremmo accettare assegni da una bambina. Ma forse anche in questo caso farò un'eccezione, – disse il portiere. – Vuoi essere cosí gentile da mostrarmi un tuo documento?
– Un… cosa?
– Una carta d'identità, un passaporto… Qualcosa dove ci sia scritto il tuo nome.
Lavinia sbottonò la pelliccia, sbottonò i pantaloni

alla zuava, e sotto lo sguardo allibito del portiere si frugò nelle mutande, dove aveva l'abitudine di conservare un piccolo notes e una matita.
Prima di quella notte miracolosa, le mutande erano state l'unico suo indumento senza strappi e buchi, e quindi ci teneva al sicuro i suoi tesori.
Con difficoltà, tracciò con la matita alcune lettere su un foglio del notes, lo strappò e lo tese al portiere.
– E questo cosa sarebbe? – chiese Eleuterio Migliavacca.
– Non sai leggere? – rispose la bambina. – È qualcosa con su scritto il mio nome.
Infatti sul pezzetto di carta sporco e spiegazzato c'era scritto

LAVINIA

– Ma non basta tesoro mio! – disse l'uomo divertito. – Ci vuole un documento ufficiale –.
E intanto pensava: «Questi bambini!». Anche lui ne aveva sette a casa, il maggiore dei quali era il suo orgoglio e la sua consolazione.
– Senti un po', – disse Lavinia spazientita, – le scarpe le ho prese senza pagare. I vestiti pure me

li hanno dati senza chiedermi nessun documento. Perché invece tu mi devi fare tante storie?
L'uomo cominciò a guardarla con diffidenza. Senza pagare? Si trattava forse di una ladra? Allora la questione cambiava aspetto, e di molto...
– Dunque questi vestiti non sono tuoi... – cominciò in tono d'accusa.
– Adesso sono miei, – rispose Lavinia.
– Ma prima?
– O bella! Prima erano del negoziante. Mica sono nata con i vestiti addosso. E i tuoi, non li hai forse presi da un negozio?
– Sí, ma li ho pagati!
– Io no. Me li hanno dati e basta.
– Te li hanno regalati, vorrai dire.
– Diciamo che me li hanno regalati... in cambio di un piccolo favore.
– Senti bambina, non stare a farmi perdere tempo. Io non ho bisogno di nessun favore e non ti posso dare una camera per niente.

– Ah, no? – chiese Lavinia. Sollevò la testa e fissò i due grandi lampadari di cristallo che pendevano al centro del salone. Intanto teneva le mani allacciate dietro la schiena.

Il portiere di notte seguí il suo sguardo e si aggrappò al bordo del banco pensando: «Forse ho bevuto troppo spumante a casa, prima di prendere servizio».

Infatti gli sembrava che i lampadari tremolassero, cambiassero colore... In un attimo li vide diventare marroni, mollicci, ondeggiare sulla catena che li sosteneva, staccarsi come un frutto troppo maturo e, splash!, cadere spiaccicandosi sul bel tappeto persiano.

Contemporaneamente un inconfondibile puzzo di cacca fresca si diffuse in tutto il salone.

– Adesso hai bisogno anche tu di un favore, – disse Lavinia allontanandosi con aria schizzinosa verso la colonna degli ascensori.

– Ma... ma... – balbettava il povero Eleuterio esterrefatto, – cosa è successo? Oh, Dio! Come farò a pulire prima che si svegli il Direttore?

– Attento a non metterci i piedi dentro, – lo ammoní Lavinia vedendolo precipitarsi fuori dal banco per andare a prendere stracci, acqua e scope...

Lo lasciò entrare nello sgabuzzino, poi girò al contrario l'anello.

Quando Eleuterio tornò tutto affannato, i due lampadari pendevano scintillanti in alto, contro il soffitto pieno di stucchi.

– Visto? – disse la bambina al portiere, che si era fermato come colpito da un fulmine. – Poco fa anche tu avevi bisogno di un favore, e io te l'ho fatto. Adesso mi dai la chiave della piú bella camera che c'è in questo albergo?

– Guarda, la chiave io te la do. Ma domani dovrai fare i conti col Direttore, e credo che lui non te la lascerà passare tanto liscia...

Vita nuova per Lavinia

Quella notte Lavinia dormí in un letto morbidissimo e caldo, con le lenzuola pulitissime. Era talmente stanca, che non le passò neppure per la mente l'idea di farsi un bagno prima di coricarsi (non dimentichiamo che erano le tre di notte) e quindi sporcò ben bene sia la federa del cuscino che le lenzuola, soprattutto dalla parte dei piedi.
L'indomani si alzò abbastanza presto per godersi la sua stanza. C'erano la televisione a colori, il telefono e persino uno sportello che distribuiva le bibite. Una porta dava nel bagno, tutto luccicante di marmi e di rubinetti dorati.
Un'altra porta si apriva su un salottino privato, con i mobili antichi e i fiori freschi nei vasi sulla mensola del caminetto e sul tavolino della prima colazione.

Lavinia entrò nel bagno. Si fece lo sciampo e una bella doccia e pensò: «Oggi è festa. Domani anche. Ma appena i negozi riaprono, dovrò rifornirmi di biancheria».
Infatti le vecchie mutande, anche se prive di strappi, e la canottiera tutta sbrindellata stonavano con gli abiti eleganti che si era procurata la sera prima. Di calze poi non ne aveva, né intere né rotte... D'altra parte, si è mai vista una piccola fiammiferaia con le calze? Per fortuna aveva scelto degli stivaletti alti e l'assenza di calze non si notava.

Vestitasi, ebbe un attimo di incertezza. Non sapeva se suonare il campanello per ordinare la colazione in camera, o se scendere a farla al ristorante dell'albergo.
Decise di scendere, perché era una bambina socievole e voleva fare amicizia con gli altri ospiti.
Scelse un tavolino in mezzo alla sala per potersi guardare attorno comodamente e ordinò una colazione abbondantissima: cioccolata calda con panna, pane fresco, burro, cinque tipi di marmellata, focaccine al miele appena cotte, uova al prosciutto, spremuta di pompelmo, noccioline, patatine fritte, biscotti, fiocchi d'avena col latte freddo, riso soffiato e formaggio.
Forse a voi sembrerà troppo per una prima colazione. Ma ricordatevi che Lavinia era completamente digiuna da tre giorni, ed erano anni che non mangiava a sazietà. La notte prima, tutta eccitata per i risultati della magia dell'anello, si era solo occupata di rivestirsi da capo a piedi e per l'emozione le era passata la fame.
Col sonno però la fame era ritornata piú forte di prima, ed è logico che la piccola fiammiferaia

non potesse resistere alla tentazione di riempirsi il piatto davanti a quei carrelli ricolmi di ogni ben di Dio.
Fra l'altro la poverina non aveva ricevuto un'educazione raffinata, quindi si buttò sul cibo con avidità, ingozzandosi per la fretta e sbrodolandosi tutto il vestito nuovo.
A quel punto entrò nella sala il Direttore dell'albergo, vestito di nero come un pinguino.
Il portiere di giorno gli aveva riferito una strana storia, raccontatagli dal portiere di notte che smontava. Ma il racconto era stato piuttosto confuso. Il Direttore era riuscito a capire soltanto che una bambina sconosciuta si era installata nel piú bell'appartamento dell'albergo, e che non era in grado di pagare il conto.
Si fece indicare Lavinia, le si avvicinò con aria decisa e le disse bruscamente: – È vero che non hai un soldo?

– Verissimo. Buon Natale, signore, – rispose educatamente Lavinia col coltello a mezz'aria.
– Allora te ne devi andare! – ringhiò il Direttore ignorando gli auguri.
– Davvero? – chiese Lavinia, che ormai aveva imparato la lezione.
– Chiamerò la polizia, – disse il Direttore, – e ti farò arrestare. Mi devi pagare una notte e la colazione. E se non puoi pagare andrai in prigione. Fuori i soldi!
– Ma se le ho detto che non ne ho! – ribatté la bambina.
– Allora smetti subito di mangiare! Lo sai quanto costa la roba che hai ordinato? Che faccia tosta! Sputa quel formaggio! Non è tuo. Non te lo puoi permettere!
Lavinia sputò per terra facendo un gran rumore, e poi si mise a piangere fragorosamente, non tanto perché fosse disperata, ma perché si divertiva a mettere il Direttore in imbarazzo.

Una colazione movimentata

Al pianto di Lavinia, da tutti gli altri tavoli la gente si girò a guardare incuriosita, infastidita, scandalizzata. Era tutta gente abituata ad ambienti silenziosi e raffinati e che non sopportava simili scene.

Furibondo il Direttore afferrò la bambina per il colletto e la sollevò dalla sedia. Ma Lavinia si afferrò alla tovaglia, rovesciando addosso al Direttore le uova fritte, mentre tutti gli altri piatti finivano per terra.

– Guarda cosa hai combinato! – sibilò furibondo il Direttore.

– Oh, se è per questo! – disse Lavinia unendo le mani e fissando il disastro che aveva combinato. Immediatamente sulla moquette grigio chiaro, al posto dei piatti rotti e dei cibi rovesciati, apparve una macchia pesticciata di cacca, come

se qualcuno ci avesse camminato sopra spargendola tutto intorno.
– Cosaa?! – esclamò il Direttore impietrito.
– È inaudito! – esclamarono i signori eleganti dei tavoli vicini portandosi il tovagliolo al viso per tuffarvi il naso.
Lavinia però non era soddisfatta. Vide un cameriere che passava reggendo alto sulla testa un vassoio di cibo. Lo fissò girando l'anello e il vassoio fu pieno di cacca, senza che il cameriere se ne accorgesse. Cosí lo depositò con gesto elegante sul tavolo dove sedeva una ricchissima signora col suo corteggiatore.

Sul piatto la cacca fumava e puzzava che era una bellezza. La signora dette un urlo e svenne, e il suo amico fece appena in tempo a reggerla perché non finisse con la testa nel vassoio.
Dagli altri tavoli la gente guardava esterrefatta.
Ma ormai Lavinia usava lo sguardo come una frusta, toccando un tavolo dopo l'altro, e su ogni piatto al posto delle vivande apparivano mucchietti di cacca di tutte le qualità.
Gli ospiti si alzarono inferociti spingendo indietro le sedie.

– Basta! – gridavano. – È un'indecenza! Chiameremo la polizia! Vi denunceremo all'Istituto d'Igiene! Non metteremo piú piede in questo lurido ristorante!
Il Direttore piangeva dalla disperazione.
Lavinia faceva l'indifferente, asciugandosi il moccio e le lacrime con un angolo della tovaglia.
– Sono rovinato, – gemette il Direttore, accasciandosi sulla sedia davanti a lei.
– Posso restare nel mio appartamento? – chiese Lavinia. – Se mi lascia restare, farò tornare tutto come prima. Guardi!
E con uno sguardo circolare, un rapido giro di anello, in un baleno rimise a posto piatti e tovaglie, vassoi e moquette... persino il puzzo sparí in un attimo. La gente era rimasta allibita come tante statue di sale.
Ma il Direttore afferrò Lavinia per un braccio: – Altro che restare! Ti sbatto fuori immediatamente, brutta strega sporcacciona! E licenzio subito quel cretino di Migliavacca che ti ha permesso di entrare.
L'aveva afferrata per il collo e la trascinava nell'atrio. Ma Lavinia riuscí a liberarsi le mani, girò l'anello guardando in alto e uno degli enormi lampadari, trasformato in una

montagna di cacca, piombò addosso al Direttore, sommergendolo completamente.
– E questa non la faccio tornare come prima, – disse Lavinia che si era scansata all'ultimo secondo. – Questa te la devi levare di dosso da solo. E ti resterà il puzzo per un bel po'. Ascoltami bene, perché altrimenti ti riduco in cacca tutto l'albergo. Migliavacca resta al suo posto e io me ne vado nel mio appartamento. E che nessuno mi disturbi, capito?
Fu cosí che per Lavinia cominciò una vita nuova. Aveva un posto confortevole dove andare a dormire, era vestita a nuovo, poteva mangiare a

volontà… Mille volte in cuor suo ringraziò la fata dell'anello magico e fu attenta a usare il suo dono con discrezione.
Ora che non aveva piú né fame né freddo e non doveva chiedere l'elemosina né cercare di vendere fiammiferi che nessuno voleva, imparò a non giudicare le cose dall'apparenza.
Chi l'avrebbe mai detto infatti che un materiale disprezzato da tutti come la cacca potesse rivelarsi cosí prezioso?

Lavinia trova un amico

Naturalmente, se avete appena un po' di sale in zucca, avrete capito benissimo che la storia di Lavinia non può finire cosí.
Infatti il regalo che la fata le aveva dato in quella gelida notte di Natale le permetteva finalmente di soddisfare i suoi bisogni piú urgenti, come vestirsi, mangiare e dormire al caldo. Però poteva anche accontentare capricci irragionevoli, e questa possibilità ha sempre avuto conseguenze movimentate, almeno nelle storie dei libri.
Lavinia viveva felice al Grand Hotel Excelsior Extralusso riverita da tutti, coccolata da Eleuterio Migliavacca che le era riconoscente per come lei lo aveva difeso col Direttore, evitandogli di essere licenziato. Adesso anche il Direttore era diventato gentilissimo. Valla a capire, la gente!
Lavinia cercava di non perdere il suo tempo.

Tutte le mattine ordinava la Rolls Royce e se ne andava al Giardino Zoologico a chiacchierare con gli animali. Imparava da loro una quantità di cose interessantissime riguardo ai loro paesi d'origine, ma soprattutto imparava che tutte le bestie, chiuse nelle loro gabbie a farsi guardare e stuzzicare dai visitatori dello Zoo, erano molto infelici.

Avevano tutte le cose che di solito mancano alle

piccole fiammiferaie: una casa dove stare al calducchio e da mangiare tutti i giorni. Ma a loro non importava niente. Avrebbero preferito mille e mille volte avere fame e freddo, ma essere libere.
E siccome Lavinia era convinta che ognuno deve avere ciò che preferisce, qualunque sia l'opinione degli altri, decise di servirsi della sua magia per liberare i suoi amici animali.
Ma l'operazione non si presentava facile. Il piano andava studiato con attenzione e magari discusso con qualcuno piú esperto di lei.
In questo, come in molti altri casi, di una cosa soprattutto Lavinia sentiva la mancanza: di un amico. E un amico, l'anello magico non glielo poteva procurare.

Una persona trasformata in cacca, o minacciata di veder cambiare in cacca le cose cui tiene di piú, forse vi ubbidirà e vi temerà, ma certo non vi vorrà bene. Di questo Lavinia si rendeva conto perfettamente.
In febbraio però venne a lavorare all'albergo, in qualità di addetto all'ascensore, il figlio primogenito di Eleuterio Migliavacca. Si chiamava Clodoveo ed era un ragazzo buffo, magrissimo, con i denti sporgenti e le orecchie a sventola. Era cosí intelligente, ma cosí intelligente, che aveva finito le scuole elementari a sette anni e le medie a undici. Ma, terminata la scuola dell'obbligo, era dovuto andare a lavorare per aiutare la famiglia.
– Tutti mi dicevano: Bravo! Che fortuna essere cosí intelligente! Bella fortuna, guarda tu! Mentre gli altri ragazzi della mia età vanno a scuola e passano il resto del tempo a giocare, io

per il fatto di essere cosí intelligente devo far andare su e giú un ascensore per otto ore al giorno, e nessun poliziotto può venire a protestare con mio padre o con il Direttore, perché ho già compiuto l'obbligo scolastico. Lavinia non capiva bene quelle parole difficili come «obbligo scolastico», però capiva la nostalgia del ragazzo per la scuola. Lei non c'era mai andata e le sarebbe piaciuto moltissimo. Ma quando mai si è sentito di una piccola fiammiferaia che va a scuola?

Quelle poche lettere che sapeva scrivere – il suo nome per esempio – le aveva imparate faticosamente dai cartelloni pubblicitari o guardando la televisione nelle vetrine dei negozi di elettrodomestici. Però le dispiaceva moltissimo essere cosí ignorante.
Quindi colse al volo l'occasione che le si offriva con l'arrivo di Clodoveo. Cominciò a passare gran parte del suo tempo in ascensore, anche lei su e giú dal pianterreno al decimo piano.
Se non c'erano altri ospiti, Clodoveo le insegnava delle cose divertentissime come le tabelline, l'analisi logica, gli affluenti del Po e le poesie di Giovanni Pascoli.
Cosí, salendo e scendendo, anche Lavinia imparava tante cose.

Spedizione allo Zoo cittadino

– Allora, – chiese Lavinia a Clodoveo, – quand'è che andiamo a liberare gli animali del Giardino Zoologico?
– Appena ho un pomeriggio libero dal lavoro, – rispose il ragazzo.
– E quand'è che hai un pomeriggio libero?
– Lasciami guardare l'agenda. Uhmmm... Esattamente giovedí.
Giovedí pomeriggio Lavinia e Clodoveo si incamminarono insieme verso lo Zoo, che non era molto lontano dal Grand Hotel Excelsior Extralusso. Strada facendo discutevano sul modo migliore di portare a termine la loro impresa.
– Io trasformerei in cacca le sbarre delle gabbie, e anche i guardiani, – disse Lavinia sbrigativa.
– Brava! Cosí gli animali, anche i piú feroci, se ne andranno in giro per la città combinando

chissà quanti disastri. I carnivori si mangeranno la gente...
– Me no. Me non mi mangeranno, perché io sono loro amica.
– Non è un buon motivo perché divorino gli altri. E in una città come la nostra poi gli erbivori moriranno di fame. Ti pare giusto?
– Tu allora cosa proponi?
– Io avrei un piano. Bisogna che noi due ci nascondiamo nello Zoo e aspettiamo la notte. Dopo di che, chiameremo gli animali fuori delle tane e tu li trasformerai in cacca.
– Ma io voglio liberarli! – protestò Lavinia.
– Aspetta. Noi due ci nasconderemo tra i cespugli e aspetteremo il mattino. Quando

arriveranno i guardiani, crederanno che le bestie stiano ancora dormendo dentro alle loro tane, e con le loro pale dal manico lunghissimo che passano dentro le sbarre, puliranno le gabbie e raccoglieranno la cacca come fanno sempre per mandarla a una ditta di concimi naturali. Mi sono informato e so che la mettono in un furgone a chiusura ermetica che parte verso mezzogiorno. Prima di quell'ora noi ruberemo il furgone e lo faremo imbarcare su una nave diretta in Africa. Ma prima tu avrai

trasformato di nuovo la cacca in animali, cosí quando arriveranno, se ne potranno andare liberi verso la foresta senza fare del male a nessuno.
– Ma come farò a trasformarli di nuovo, se saranno rinchiusi nel furgone? – si lamentò Lavinia. – Sai bene che devo guardarli, mentre giro l'anello, altrimenti la magia non funziona.
– Ho pensato anche a questo. Guarda, ho portato con me un trapano. Ci servirà a fare dei buchi nel furgone perché gli animali possano respirare durante il viaggio. Uno di questi buchi lo farò un po' piú grande, cosí tu potrai guardare dentro e fare la contromagia.
– Cosí va bene, – disse Lavinia. – Hai pensato proprio a tutto. Come sei intelligente!

Alle nove del mattino gli animali si imbarcarono per l'Africa, e i due amici soddisfatti si avviarono verso il Grand Hotel Excelsior Extralusso dove Clodoveo doveva riprendere il suo turno all'ascensore.

Lavinia si copre di gloria

Mentre Lavinia e Clodoveo attraversavano piazza Cavour, sentirono un gran frastuono. Urla disperate, la sirena dei pompieri, il fischietto assordante dei vigili urbani, e un altro rumore piú forte, sibilante, un rombo che diventava sempre piú minaccioso.

Guardarono da quella parte e videro che un grande incendio stava divorando rapidamente una casa di cinque piani. Dalle finestre si innalzavano fiamme altissime e dense colonne di fumo nero.

– Che bello! – disse Lavinia fermandosi a guardare incantata quello spettacolo insolito. (Alle piccole fiammiferaie è sempre piaciuto molto scherzare col fuoco anche se è un gioco pericoloso.)

– Sei proprio una scema! – la sgridò Clodoveo,

prendendola per un braccio e tirandola verso il gruppo di persone che cercavano invano di spegnere l'incendio. C'erano i pompieri con i loro camion rossi, le scale, gli idranti e i teloni. C'erano le ambulanze; c'era la polizia che teneva lontano i curiosi. Ma, nonostante i getti d'acqua potentissimi che uscivano dagli idranti, le fiamme continuavano a salire sempre piú alte, divorando le imposte delle finestre e facendo crollare i muri e i soffitti degli appartamenti.

– C'è qualcuno lí dentro? – chiese preoccupato Clodoveo.

– No. Fortunatamente gli inquilini si sono messi tutti in salvo, – rispose un vigile urbano.

Ma, come per dargli torto, da una finestra al piano terreno si sentí il pianto improvviso di un bambino piccolo.

Una ragazza che stava tra la folla circondata da un gruppo di bimbetti, gettò un grido e svenne tra le braccia di un pompiere. Era la maestra di un asilo nido che si trovava appunto al pianterreno della casa in fiamme. Quando era stato dato l'allarme, la ragazza aveva radunato tutti i bambini che si trovavano nella sala giochi e li aveva fatti uscire dalla finestra, passandoli uno a uno nelle mani dei pompieri. I bambini si erano divertiti moltissimo, e non ne avevano voluto sapere di andarsene a casa, ma erano voluti restare a godersi lo spettacolo sino alla fine.

La maestra li aveva contati, e le era sembrato che ci fossero tutti.
Si era completamente dimenticata del piú piccolo, che era stato messo a fare un sonnellino

nella culla. Era un bambino di un anno che si chiamava Ambrogio Testadiroccia e frequentava l'asilo solo da pochi giorni. La maestra non si era ancora abituata a comprenderlo nel numero dei suoi piccoli allievi e, non vedendolo insieme agli altri, nel momento della fuga si era completamente dimenticata di lui.
Adesso il piccolo Ambrogio, svegliato dal rumore e dal caldo, gridava come un'aquila attaccato alle sbarre del lettino.
Sua madre, che faceva la cassiera nella pasticceria di fronte, era arrivata di corsa e adesso gridava:
– Fate qualcosa, per carità! Qualcuno vada a salvare il mio bambino!
Ma le fiamme erano ormai cosí alte che nessuno poteva piú entrare nella casa. I pompieri non poterono far altro che dirigere il getto dei loro idranti dentro la finestra e inondare la stanza, facendo una bella doccia al piccolo Ambrogio, che tutto inzuppato e spaventato continuò a gridare ancora piú forte. Le fiamme invece si limitarono a oscillare leggermente e tornarono subito piú alte di prima a circondare il lettino, in un cerchio sempre piú stretto.
Lavinia osservava la scena a bocca aperta, affascinata e paralizzata dalla paura, quando

sentí un urto in mezzo alla schiena. Era Clodoveo che la spingeva oltre lo sbarramento della polizia, proprio sotto la finestra. – Fa' qualcosa, presto! – le ordinò, sollevandola in braccio perché potesse guardare dentro la stanza. – Spegni il fuoco!
– E come faccio, se non ci riescono neppure i pompieri? – piagnucolò Lavinia.
– Usa l'anello, stupida!
Cosí Lavinia fissò le fiamme che ormai sfioravano la culla, fece girare l'anello attorno al

dito, e sotto gli occhi esterrefatti della folla le fiamme sparirono e il piccolo Ambrogio si trovò circondato da un mare di cacca.
Visto che c'era, Lavinia dette un'occhiata anche alle finestre dei piani alti e immediatamente le fiamme si afflosciarono sui davanzali, cambiando colore e consistenza. All'interno,

dove lo sguardo di Lavinia non poteva arrivare, il fuoco crepitava ancora, ma il pericolo maggiore ormai era stato scongiurato.
Il piccolo Ambrogio però non aveva ancora capito di essere in salvo e continuava a strillare.
La sua mamma, due pompieri, un vigile urbano, un infermiere dell'ambulanza si erano precipitati contemporaneamente verso la finestra. C'era anche la maestra, che qualcuno aveva fatto rinvenire con due ceffoni.
Ma, arrivati al davanzale, tutti quanti si erano

fermati di colpo e avevano cominciato a fare i complimentosi, cercando ognuno di far passare avanti gli altri.
– Prego, signora, vada lei! – disse gentilmente il vigile urbano alla mamma di Ambrogio. – Non vogliamo toglierle la gioia di stringere per prima al cuore il suo piccino!
– Per carità, – rispose la signora Testadiroccia. – Non vorrei offendere i pompieri... Tocca a loro portare in salvo la gente in pericolo, no?
– Ma adesso il pericolo è cessato, – dissero i pompieri. – Forse il bambino sta male. È meglio che sia un infermiere a occuparsi di lui...
– Aaahhh! Aaaaah! – gridava Ambrogio tutto sporco di cacca, tendendo le manine verso i suoi salvatori. – Aaahhh!
– Dannazione! – gridò il capo della polizia. – Decidetevi! Che qualcuno entri e lo faccia smettere. Questo marmocchio ci sta rompendo i timpani.
– Vada lei, allora! – disse la maestra.
– Guaaah! Ghuaaaaa! – gridava il piccolo Ambrogio disperato.
Seccata, Lavinia strappò di mano a un pompiere l'idrante e lo diresse verso il bambino. «Che schifiltosi!» pensava intanto fra sé e sé.

Il getto d'acqua raggiunse in pieno il lettino e il piccolo Ambrogio fu inondato e inzuppato per la seconda volta.

– Aaaahhh! Aaaaah! – gridava Ambrogio bagnato fradicio tendendo le manine verso i suoi salvatori.

Ma l'acqua lavò via tutta la cacca e i salvatori poterono entrare e metterlo in salvo. Con lo stesso metodo Lavinia ripulí tutta la facciata della casa, e i pompieri salirono con le loro scale a spegnere gli ultimi fuocherelli che erano rimasti all'interno.

È inutile dire che Lavinia fu salutata come

un'eroina e ricevette dal sindaco una medaglia d'oro al valor civile.
La mamma del piccolo Ambrogio le giurò eterna riconoscenza e la invitò ad andare nella sua pasticceria tutte le volte che avesse voluto, tanto lei non l'avrebbe mai fatta pagare, neppure se si fosse mangiata tutto il negozio.

Lavinia commette un errore

Purtroppo l'avventura dell'incendio non migliorò il carattere di Lavinia. Anzi, la bambina cominciò a inorgoglirsi come se il merito di quello che era capitato fosse tutto suo, e non dell'anello o della fata che glielo aveva regalato.

Invano Clodoveo, nelle sue lezioni in ascensore, cercava di farla ragionare e le raccomandava la modestia.

A poco a poco Lavinia cominciò a trovarlo noioso. Non si interessava piú alle tabelline, ai verbi irregolari francesi, al solfeggio e alla circonferenza del cerchio. Persino l'insiemistica la lasciava del tutto indifferente.

Quando Clodoveo cercava di stupirla con la sua cultura, Lavinia diceva subito: – Uffa! Cosa ti credi di essere, in fondo? Vuoi metterti con me

che ho salvato dal fuoco un bambino e una casa di cinque piani?
E dai, e dai, la bella amicizia tra i due si andò raffreddando.
Fra l'altro Lavinia, chissà per quale motivo, si era messa in testa di essere bellissima. Forse perché tutti la guardavano con interesse quando passava.
Evidentemente ciò succedeva perché la gente sapeva della sua magia e la considerava un essere straordinario. La bellezza c'entrava poco, anche perché, nonostante i bei vestiti, i capelli lavati e

tutto il resto, Lavinia era esattamente la piccola fiammiferaia di un tempo.
Ma la vanità, una volta che mette radici nella mente di una persona, è difficile da controllare, e questo vizio procurò a Lavinia una disavventura che poteva costarle cara.
Una mattina Lavinia si preparava a uscire per la solita lezione di equitazione. La Rolls Royce la aspettava con il motore già acceso davanti alla porta del Grand Hotel.
Lavinia si fermò davanti al suo specchio per sistemarsi il berretto da fantino. Era uno di quei ridicolissimi berretti neri con la visiera che danno a chiunque l'aria di un papero in lutto. Figuriamoci se poteva imbellire una bambina che era solo cosí cosí!

Ma Lavinia, accecata dalla vanità, si fermò a lungo davanti allo specchio, sistemandosi i riccioli dietro alle orecchie, grattandosi il naso, leccandosi le labbra per farle diventare piú lucide e facendo tutte le smorfie e le scemenze che fanno talvolta le donne quando si preparano a uscire. E mentre si guardava, pensava: «Come sono bella! Sono davvero la bambina piú bella di tutta Milano!».

Nel cervello a questo punto le risuonò una voce che poi somigliava alla voce di Clodoveo, e che diceva: – Non montarti la testa. Sei una bambina normalissima. Ce ne sono almeno mille, solo a Milano, piú belle di te!

«Cosí dunque pensa di me quel cretino di Clodoveo! – si disse Lavinia che aveva riconosciuto benissimo quella vocina. – Ma io lo so che è tutta invidia. E se avrà il coraggio di dirmelo guardandomi in faccia, lo ridurrò in cacca... Cosí!» E prontamente girò l'anello intorno al dito.

Non dimenticate che contemporaneamente si stava guardando allo specchio. Cosí che la magia dell'anello si rivolse contro di lei.

In men che non si dica la povera Lavinia si sentí le gambe molli, tutto il corpo molle, e...

splashhh!... si afflosciò sul pavimento ridotta a un bel mucchio verdino di cacca fresca. Tutta, era diventata cacca: la testa, la pancia, i piedi, le unghie, i capelli, i vestiti, le scarpe. Persino quel ridicolissimo berretto da fantino con la visiera! Tutto, tranne l'anello, che non poteva farsi la magia da solo, ma restava sempre se stesso.

Una situazione disperata

Chi fosse entrato nella stanza non avrebbe piú trovato alcuna traccia di Lavinia, tranne un frustino gettato su una poltrona. E in questo caso avrebbe pensato semplicemente che Lavinia era una gran distratta e che se lo era dimenticato al momento di uscire.

Però, malgrado la trasformazione, Lavinia era ancora in grado di pensare. E pensava furiosamente, cercando un mezzo per uscire da quella sgradevole situazione. Pensava tanto, che le fumava il cervello. Ma poiché anche il cervello era diventato cacca, sembrava che fosse quella a esalare vapori, e che quindi non si trattasse di semplice cacca, ma di cacca fresca.

Lavinia sapeva che sarebbe bastato girare l'anello in senso contrario guardandosi allo specchio per

tornare come prima. Ma non era una cosa cosí semplice!
Prima di tutto, poiché l'anello galleggiava in mezzo a un materiale molle e sfuggente: impossibile quindi farlo girare nel senso voluto. E se anche ci fosse riuscita, era successo che, afflosciandosi, la massa si era sparsa sul pavimento, quindi non era piú in grado di guardarsi nello specchio del cassettone che si trovava un bel po' piú in alto.
Lavinia era furibonda. Infatti riducendosi in cacca, non aveva perduto le altre facoltà umane. Poteva guardare, sentire, pensare, persino odorare. E questa era la cosa piú tremenda, perché il puzzo che emanava da tutto il suo nuovo corpo era davvero fortissimo, e non se ne poteva liberare in alcun modo. Era un puzzo cosí forte, che le sembrava di svenire. Ma può svenire la cacca?
Quello che sicuramente non poteva fare era muoversi, perché non aveva piú muscoli da comandare e, con tutti i suoi sforzi di volontà, riusciva soltanto a procurare alla massa del suo corpo un leggero tremolío, del tutto insufficiente a far girare l'anello.
Dalla disperazione si mise a piangere. Ma dovette

smettere immediatamente perché le lacrime non facevano altro che sciogliere ancor di piú la poltiglia sul pavimento facendola scorrere in rivoletti sotto al cassettone.

Mentre cercava di controllarsi e di trovare qualche nuova soluzione, la porta della camera si aprí ed entrò Clodoveo tutto arrabbiato.

– Lavinia! – chiamava. – È mai possibile che tu sia sempre in ritardo! Stai diventando davvero maleducata da un po' di tempo a questa parte. Quel povero autista è lí che aspetta col motore acceso da mezz'ora...

Ma si fermò di botto sulla soglia. – O bella! La stanza è deserta! Lavinia deve essere uscita passandomi davanti senza che me ne accorgessi.

Oppure ha attraversato l'atrio mentre io portavo l'ascensore all'ultimo piano... Ma allora, perché non ha preso la macchina? Deve aver deciso di andare a piedi e si è dimenticata di avvertire l'autista... La solita maleducata che se ne infischia degli altri... Boh! Scenderò a dire all'autista che riporti la Rolls Royce in garage...

Intanto Lavinia da terra cercava disperatamente di farsi notare in qualche modo per chiedergli aiuto. Ma il cassettone era messo in modo tale da non poter essere visto dalla porta, e quindi Clodoveo non poteva accorgersi di lei.

«Ora se ne andrà... – pensava Lavinia disperata, – e io resterò qui fino alla fine dei secoli. Mi seccherò, morirò forse... Che bella fine, ridotta a una cacca secca senza che nessuno sappia che dentro ci sono io... Dentro? Non dentro. Che la cacca SONO IO, povera me!»

E nonostante sapesse che la cosa era pericolosa, si rimise a piangere a dirotto.

Clodoveo, da parte sua, non si decideva ad andarsene perché gli sembrava che nella stanza ci fosse qualcosa di strano... Un odore, un'atmosfera che non avrebbe saputo definire, ma che non lo convinceva.
Cosí a un certo punto vide un rivoletto giallo-verdino sbucare dietro una poltrona di pelle e avanzare verso la porta.
Fece un salto all'indietro.
Clodoveo era un ragazzo pulitissimo e tutti i giorni si lucidava da solo le scarpe di vernice fino a farle brillare come due specchi. Figuratevi se se le voleva sporcare di cacca!
– Quella Lavinia! – esclamò indignato. – Ecco perché è uscita senza farsi vedere. Ne ha combinata un'altra delle sue. Chissà cos'è che ha trasformato oggi... Ma, visto che c'era, poteva anche fare l'antimagia e ripulire la stanza, invece di lasciare questo lavoro schifoso alle cameriere...

Ma già! L'ho sempre detto, da quando si è montata la testa non ha piú rispetto per nessuno. Chissà cosa ha trasformato in cacca questa volta!
Invano Lavinia cercava di comunicargli, dal pavimento su cui scorreva sciogliendosi in lacrime di disperazione: – Sono io! Questa volta ho trasformato in cacca me stessa! Aiutami, Clodoveo, e ti prometto che diventerò umile, che tornerò modesta come quando ero solo una piccola fiammiferaia.

Ma Clodoveo, naturalmente, non poteva sentire quel linguaggio muto e guardava pieno di disgusto quella che era stata la sua amica Lavinia, senza riconoscerla.

A un certo punto, trascinato dal rivoletto di lacrime, arrivò sotto i suoi occhi anche l'anello.

«Adesso lo raccoglierà... – pensò Lavinia sollevata, – lo farà girare per guardarlo e magari la magia funzionerà e mi farà tornare come prima!»

Ma Clodoveo non riconobbe l'anello, e poi era un tipo schizzinoso. – Guarda là quel pezzo di metallo mezzo coperto di cacca! – disse. – Che schifo! Preferirei morire, piuttosto che sporcarmi le dita a raccoglierlo!

Tutto è bene quel che finisce bene

La situazione era arrivata a un punto morto. Da un lato c'era Clodoveo che restava sulla soglia incerto se andarsene, infischiandosi del disastro che aveva combinato l'amica, oppure se ripulire in qualche modo la camera per non far arrabbiare le cameriere.
Dall'altro c'era Lavinia che si scioglieva sempre di piú sul pavimento, si allontanava sempre di piú dallo specchio e non riusciva a farsi riconoscere da Clodoveo.
Fortunatamente, grazie alla magia originaria, l'anello non si poteva staccare da lei, altrimenti, trasportato dalle lacrime, si sarebbe allontanato dalla cacca, e allora per la povera Lavinia non ci sarebbe stato piú niente da fare.
Finalmente Clodoveo prese una decisione. Il suo animo gentile vinse sulla schizzinosità.

– Non permetterò che le cameriere debbano svolgere un lavoro cosí sgradevole, – esclamò. – Pulirò io! – E corse fuori in cerca degli attrezzi adatti.
A questo punto Lavinia raddoppiò le lacrime. Capiva che ormai era perduta. Sarebbe stata lavata e dispersa con una pompa d'acqua o comunque raccolta e gettata in un gabinetto, dove avrebbe perduto l'anello, sarebbe annegata, chissà cosa le sarebbe successo...
Quando Clodoveo tornò nella stanza trovò che la massa di cacca, a causa delle lacrime, si era sciolta ancora di piú. «Strano... – pensò. – Meno male che ho portato un sacco di segatura bello grosso...»
Bisogna sapere che, oltre a occuparsi dell'ascensore, Clodoveo doveva anche portare a spasso i due cani del Direttore del Grand Hotel. Perciò, da persona civile qual era, possedeva una bella paletta e dei sacchi di segatura speciale con cui ogni volta asciugava e raccoglieva le cacche dei cani. Ora intendeva usare lo stesso metodo per ripulire la stanza.
Rovesciò dunque su Lavinia l'intero sacco di segatura, aspettò che la cacca fosse ben assorbita, poi prese la paletta e cominciò a

passare il tutto in un grosso sacco di plastica... Cosí facendo, con la paletta mosse l'anello, facendolo girare nel senso contrario alla magia. «Uno specchio! Uno specchio!» pensò con ansia Lavinia, ben sapendo che, se non si guardava, non poteva far scattare la magia, e non volendo perdere quell'occasione preziosa. Ma la cacca era in terra e lo specchio era in alto, ricordate? Povera Lavinia, essere a un passo

dalla salvezza e non poterne approfittare per la mancanza di uno specchio! Era davvero una dura punizione per la sua vanità.

Ma avete forse dimenticato le scarpe di vernice di Clodoveo? Quelle scarpe che tutte le mattine venivano lucidate fino a brillare come uno specchio? Fu lí che cadde lo sguardo disperato di Lavinia, la quale vide riflettersi sulla vernice nera la paletta che raccoglieva la cacca.

Allora fissò intensamente l'immagine riflessa nella scarpa, aspettando che l'anello girasse ancora... e l'anello girò!

Quale non fu lo spavento di Clodoveo quando Lavinia gli sbucò tra i piedi scrollandosi di dosso la segatura!

– Ehi, tu! Da dove spunti? – chiese strabiliato.

– Dalla cacca! – rispose Lavinia trionfante.

– Ero io la cacca, questa volta! Meno male che hai usato la segatura e non l'acqua per pulire, e che hai fatto girare l'anello!

Tutto è bene quel che finisce bene. I due ragazzi dettero aria alla stanza per fare uscire gli ultimi residui di odore. Sebbene la magia avesse fatto sparire ogni traccia della cacca, entrambi si fecero una bella doccia fregandosi col sapone e con la spazzola.

Poi dissero all'autista che volevano andare al cinema e passarono una bellissima serata insieme.
Ora Lavinia non si dava piú tante arie. Essere stata lei stessa cacca anche se solo per un'ora, l'aveva riempita di saggezza. Capiva di non valere molto di piú delle altre persone, e capiva anche che l'amicizia tante volte serve piú di un anello magico.
Non abbiamo piú notizia di sue nuove avventure. Sappiamo che, nonostante i consigli di Clodoveo, non si è disfatta dell'anello, anche perché le è impossibile staccarselo dal dito.

Quindi è ancora in possesso della sua strabiliante magia. Ma evidentemente ha deciso, per ora, di non usarla piú, e di comportarsi come una bambina qualsiasi.
Se per caso verremo a sapere che ha ricominciato a servirsi dell'anello magico, vi promettiamo di venirvelo a raccontare.

Indice

L'incredibile storia di Lavinia

p. 13 *La piccola fiammiferaia*
21 *Entra in scena la fata*
28 *La magia dell'anello*
32 *Il signor Massimiliano Marsupiali*
34 *Una strana cliente*
41 *Eleuterio Migliavacca*
45 *Lavinia si conquista una casa*
52 *Vita nuova per Lavinia*
57 *Una colazione movimentata*
63 *Lavinia trova un amico*
69 *Spedizione allo Zoo cittadino*
74 *Lavinia si copre di gloria*
85 *Lavinia commette un errore*
90 *Una situazione disperata*
97 *Tutto è bene quel che finisce bene*

Einaudi Ragazzi
GOLD

1 Mario Lodi e i suoi ragazzi, *Cipí*
2 Gianni Rodari, *Favole al telefono*
3 Bianca Pitzorno, *L'incredibile storia di Lavinia*
4 Gianni Rodari, *Il libro degli errori*
5 Angela Nanetti, *Mio nonno era un ciliegio*
6 Gianni Rodari, *Fiabe lunghe un sorriso*
7 Hans Magnus Enzensberger, *Il mago dei numeri*
8 Gianni Rodari, *Il libro dei perché*
9 Mario Lodi, *Bandiera*
10 Gianni Rodari, *C'era due volte il barone Lamberto*

Finito di stampare nel mese di maggio 2018
per conto delle Edizioni EL
presso G. Canale & C. S.p.A., Borgaro Torinese (To)

DR 0161474869

L'INCREDIBILE
STORIA DI LAV
INIA
PITZORNO BIAN

EINAUDI RAGAZ
EDIZIONI EL